www.ingramcontent.com/pod-product-compliance
Lightning Source LLC
Chambersburg PA
CBHW060507160726
47992CB00003B/1371

الجاثوم

1

# دار حروف منثورة للنشر والتوزيع

الطبعة الأولى

الكتاب: الجاثوم

المؤلف: صفاء حسين العجماوي

تصنيف الكتاب: قصص

تصميم الغلاف: فريق الدار

تنسيق داخلي: فريق الدار

مراجعة لغوية: سارة السيد شعيشع

رقم الإيداع:11320 /2021م

الترقيم الدولى:

مؤسس الدار

مروان محمد

مشرف عام السلاسل

صفاء حسين العجماوي

Website: https://horofbooks.com

Fan page: http://facebook.com/horofsbooks

Email: info@horofbooks.com

هاتف جوال: 00201113006296 – هاتف جوال: 00201064054995

كتب حروف منثورة للجيب

سلسلة مرصود للرعب

# الجاثوم

العدد الثاني

صفاء حسين العجماوي

الرعب ليس مجموعة من الأشباح والتيمات، أو مجموعة محفوظة من أيقونات الرعب العالمية ـهذا يسمى الرعب المقولب،ـ ولكنه كل ما يبث الفزع في نفس الإنسان، لذلك فهو يشبه أخطبوط له من الأرجل ما يكفي ليكبل طريدته.
ولأن لكل منا منطقة مظلمة يدفن بها مخاوفه، ولا يقترب منها خشية إثارتها، هذا لا يكبح فضوله في أن يشاهد ما يثير فزع الآخرين.

# المحتويات

قم بمسح هذا الكود لتراسلنا بهذه الصفحة بعد تصويرها

# الرقصة الأخيرة

تسلَّلَ ضوء القمر من بين فراغات ستائر النافذة، متلصصًا على ما يدور بالداخل، لكنه ويا للحسرة! لم يستطع أن يُلقي ضوءه خارج حدود النافذة، كان الظلامُ حالكًا على الرغم من الشموع الموزعة في أنحاء القاعة، ما إن تقترب منها حتى تجد إضاءتها الخافتة تُلقي بظلال دموية، والدماء تتساقط من بين ألسنة اللهب، تنساب فوق حاملها، الذي ينثر القطرات فوق الأرض الخشبية السوداء، المشاعل غافية فوق الجدران مستكينة تمامًا، فتظنها لم ولن توقد مطلقًا.

ما أن أعلنت الساعة عن انتصاف الليل، ويتردد صوت دقاتها الاثنتي عشرة، حتى توهجت المشاعل بلهب قويٍ بلا دخان، كان من الشدَّة بحيث أنَّ ضوء القمر تراجع هاربًا، لتغلق الستائر ذاتيًا خلفه بقوةٍ؛ تضاعف ضوء الشموع آلاف المرات، لتطغى إضاءتها الدموية على كل شيءٍ، وتفور الدماء منها كالشلالات، لتغرق الأرض متجمعة في وسط الغرفة، ينبثق من وسطها غادة حسناء، بيضاء البشرة، تتطاير حول وجهها خصلات من شعرها الفاحم الكثيف الطويل الناعم، ذات ملامح ساحرة كأحسن الحوريات، ترتدي ثوبًا من الساتان ذا أكمامٍ طويلةٍ، ورقبةٍ عاليةٍ بلون الدم يزيدها جمالًا ورهبةً، أخذتْ تسيرُ إلى الركن القصي من القاعة، الذي كان غارقًا في ظلمةٍ

عجيبةٍ، تُناقِض القاعة المتوهجة، وما إن اقتربت منه، حتى أضاء ليظهر ذاك الغافي فوق مقعده، كأنما الظلمة التي كان بها حجبته عما يدور في القاعة، أشارت إليه بأصابعها المرمرية ليستيقظ، ويركض تجاهها ليُقبّل يدها برقةٍ، انبعثت موسيقى كلاسيكية هادئة من اللامكان، فأمسك يديها ليسيرا إلى وسط الغرفة، حتى يبدآ الرقص، كانت عيناه تنطق بعشقه، بينما يسرق سحرها أنفاسه.

ابتسمت بغرورٍ، وهي تنظر إلى المفتون بها، ثمَّ قالت: "إنها الرقصة الأخيرة أيها الفاني"، توقف عن مراقصتها، ونظر إلى الأرض مطرقًا، وهو يقول: "سيدتي الجميلة!".

قاطعته، وهي تنظر إليه بقوةٍ قائلة: "لقد مرَّ الشهر أيها الفاني"، رفع رأسه، وقال معترضًا: "ولكن"، لم تعطه الفرصة ليكمل، وقالت له، وعيناها تتحول للون الدم: "لا يجوز لك الاعتراض أيها الفاني، أنت ملكي الآن، فقد انتهت الرقصات الثلاثون، يجب أن نرحل"، قال لها فرحًا: "نرحل معًا! هل سأكون معك إلى الأبد؟".

ضحكت بقوةٍ فتهتز أضواء المشاعل، والشموع حتى كادت أن تُطفأ، ثم قالت بدلالٍ: "أيها الفاني، سنرحل معًا لتكون لي خادمًا إلى الأبد، هذا اتفاقنا، أن تبيعني روحك مقابل تلك الرقصات الثلاثين".

نظر إليها مفتونًا بضحكتها، وقال لها برقةٍ: "وكيف لي ألا أوافق أن أبيعَك روحي يا فاتنتي؟ يا مَن سرقتِ قلبي، لتصبح أعظم أمنياتي أن أكون خادمكِ".

نظرت له بعينيها التي أخذت تفور دمًا، وشعرها الفاحم يلتف حول عنقه، وهي تقول بصوتٍ كالفحيح: "لنرحل الآن! فقد حان الوقت!".

11

كان يختنق، وشعرها يعتصر رقبته بقسوةٍ، ودماؤها تغرقه، حتى دقت الساعة الواحدة صباحًا لتنطفئ الشموع والمشاعل، وتفتح الستائر، ويندفع ضوء النجوم إلى القاعة الخالية من كل شيء إلا من كرسي يجلس عليه هيكل عظمي بالٍ، يرتدي حلة سهرة لامعة.

# عيد الميلاد

جلس أربعة شباب بعد انتهاء اليوم الجامعي بالمقهى المقابل للجامعة، يخططون لحفل يوم ميلاد أحدهم.
كعادة إبراهيم بدأ الكلام، فقال: "الليلة عيد ميلاد مجدي، ويجب أن يكون يومًا مختلفًا".
أيَّده بيتر قائلًا: "سنجعله يومًا لا يُنسى؛ فهذا آخر عيد ميلادٍ له، سيقضيه بالجامعة".
قال مجدي بخجلٍ مصطنع: "لا تتعبوا أنفسكم يا رفاق، حقًا لا يستحق، هو مجرد عيدُ ميلادٍ!".
ربَّتَ عمر على كتفه بقوةٍ، وقال: "لا داعي لهذا الاصطناع اليوم، سنخرج إلى المقهى الكبير المجاور لمنزلك عند الحادية عشرة والنصف مساءً، لنحتفل بعيد ميلادك الحادي والعشرين"، ثم صمت لدقيقة وفجأة التمعت عيناه بالحماس، وقال: "ما رأيكم بأن نرتدي جميعًا بذّات سوداء للسهرة؟".
استحسن الجميع الفكرة، وانطلقوا إلى منازلهم ليَعدُّوا الحفل، في حين أكمل عمر بصورة تقريرية، وهو يلحق بهم: "سأحضر كعكة عيد الميلاد!".
عند الحادية عشرة والنصف دخّل مجدي المحل، فوجد رفقاءه الثلاثة قد انتهوا من ترتيبات الحفل، كان مجدي يرتدي بذة سوداء، وقميصًا أسود، ورابطة عنق سوداء، مما جعل أصدقاءه يسخرون منه، وهو يبتسم ابتسامة غامضة، جلسوا حول طاولتهم يضحكون، وابتسامة مجدي الغامضة تلاحقهم.

أقبل العاملون بالمحل قبل الثانية عشرة بدقائق، يحملون قالب الكعك، ويغنون أغاني عيد الميلاد، دقت ساعة المحل تمام الثانية عشرة، فانطفأت الأنوار، ثم أنيرت بلونٍ أحمر قانٍ، جعل مجدي يهتف غاضبًا: ''ماذا فعلتم أيُّها التعساء؟ ألا تعلمون أني أخاف من الظلام؟ ولِمَ هذه الإضاءة الدموية، وما الداعي لهذا الرُعب؟''.

لم يتلقَ أيَّ إجابة، فصرخ فيهم: ''فليجبنني أحدكم! هل أحضرتموني إلى هُنا للاحتفال بعيد ميلادي أم لترعبوني؟''.

جاءته الإجابة من فتاة صغيرة، لا تتعدى الخمس سنوات بنبرة ناعمة: ''لا تخف يا مجدي، أنا ليلى أختك جئت لأحتفل معك بعيد ميلادك''.

صرخ مجدي قائلًا: ''مستحيل! أنتِ ميتة! ابتعدي عني!''.

ردت عليه بهدوء: ''أتقصد أنك قتلتني؟ أتتذكر هذا اليوم يا مجدي؟''.

تلعثم مجدي، ورد برعب: ''لم أقصد قتلك! كان موتك حادثًا!''.

صرخت فيه قائلة: ''لا تكذب يا مجدي! أنا أعرف الحقيقة! عمي عزيز.. هلا أتيت لتخبره بما نسيه؟''.

كان عزيز رجلًا بالخمسين من عمره، صوته عميق مخيف، هز مجدي بقوة، وهو يقول: ''أهلا يا مجدي، كل عام وأنت سعيد!''.

صرخ مجدي: ''ابتعد عني، فأنت ميت! ابقَ مكانَك''.

ضحك عزيز بصوتٍ عالٍ، ثم قال: ''أتقصد أنك قتلتني بعدما علمتك كل ما تعرفه؟ أتذكر يا مجدي عندما كنت في العاشرة من عمرك؟ كنت تتجسس عليَّ، وأنا أعمل على طقوس السحر الشهرية، لقد حاولت التقرب مني كثيرًا، ولم تنتبه لتحذيري لك بألا تقترب لصغر سنك، ولكنك اقتحمت طقس شهر مايو؛

وأصبحت جزءً من المنظومة دون إرادتي؛ وبسبب ذلك تعرضت للعقاب من القادم من ليلا، ولأكمل طقوس انضمامك خيرتك، حسب أوامره بين شرب دماء قط أسود، أو حرق قدم غول، أو قتل شخص قريب منك، فاخترت قتل أختك ليلى، وبالفعل استدرجتها بحجة مشاهدة شيءٍ ما، ثم قمت بدفعها لتسقط من فوق درجات السلم، وأنت تركض خلفها متمتمًا بالتعاويذ لتصبح بذلك مقدمًا عليَّ عند القادم ليلا، حينها كنت ماتزال تحتاجني، حتى تتعرف على علوم السحر التي أمتلكها، حتى إن لم تكتفِ بها، وأخذت تبحث عن غيرها دون علمي، ما إن بلغت الخامسة عشر حتى قتلتني لترتقي بقتل معلمك، أظنك تذكر طقس الترقي، وكيفية قتلك لي!".

ضحك مجدي بقسوةٍ، وقد تغيرت ملامحه لتصبح شيطانية، وهو يقول: "لا داعي لادعائك البراءة، فأنت السبب فيما أصبحت عليه، ولكنك كنت دائمًا الأضعف، كنت الأبعد عن القادم ليلا"

ضحك عزيز قائلًا: "وبالتأكيد الليلة لم تكن حفلة عيد ميلاد بريئة، بل هي طقس اللقاء الذي سيجعلك تقابل القادم ليلا، لقد استدرجت رفاقك لهذا الحفل المزعوم؛ لتقتلهم أثناء خروجكم من المقهى لتستخدم دماءهم، ما لا تعلمه أيها الغرُّ، أنني عقدت اتفاقًا مع القادم ليلا، عندما عاقبني لاقتحامك الطقوس، ونص الاتفاق على أنه في حالة قتلك لي في طقس الترقي أن يجعلني أقابلك في طقس اللقاء، ولتخميني أنك ستختار قتل أختك، فقد استغللت علمي وسحري لإحضارها معي الليلة، والإعداد لهذا الحفل".

سأل مجدي بحدة: "ماذا تقصد؟"

ردت ليلى بنبرةٍ حالمة: "الليلة طقس التحرر لي، ولعم عزيز"

15

قال عزيز: "أقصد، لقد حان دورك لتموت!".

ضحك مجدي بصوتٍ مهزوز، ثم قال بصوتٍ حاول جعله واثقًا، لكنَّه فشل: "لا يمكنكما ذلك، لن تقدرا عليَّ، فأنا الأقوى"

ارتفع صراخ ليلى الذي فجَّر الدماء من أنفه، وفمه وأذنيه بغزارة، ويصرخ متألمًا مطالبًا إيّاها بالتوقف، لكنها لم تتوقف، ثم ارتفع صوت قرع طبول تعزف بطريقةٍ همجيةٍ أغنية عيد الميلاد، والأضواء تزداد دمويةً مع اندلاع النيران في مجدي، وهو يصرخ متألمًا.

قال عزيز: "غرورك سبب موتك، وها أنت تموت، وأنت غيرُ قادرٍ على استخدام قواك".

ما إنْ انتهى عزيز من كلامه حتى ارتطم جسد مجدي بالأرض، بعد أن فارق الحياة، وانتهى كل شيء كأنه لم يحدث، وعادت الأضواء إلى المحل كأنها لم تُطفأ إلا للحظة، ليُصْدم الرفاق بجسد مجدي المشوي تحت أقدامهم، وارتفع صراخ الجميع!

# ما يشبه ألف ليلة و ليلة

**مستوحاة من قصة سابور ذي الأكتاف**

‏‏«بلغني أيُّها الملك السعيد ذو الرأي الرشيد أنه في إحدى بلاد الفرس القريبة، كان هناك ملك شاب بهيُّ الطلعةِ، فارع الطول، عريض المنكبين، له عينان يغرق فيهما الجميع، إن ابتسم انطفأ ضوء القمر لشدة ضياء وجهه، كان يُدعى "شاه زادة"، كان فارسًا مغوارًا، كتبت فيه الملاحم والأساطير، كان لا يكف عن توسيع نفوذه، وتوسيع مملكته، حتى قيل أنه لا يكاد يجلس على عرشه.

كان شاه زادة يُثير الرعب في قلوب أعدائه، بمجرد ذكر اسمه أمامهم، على الرغم من وسامته التي أسقطت فتيات الفرس صريعة هواه، وتسابقن للظفر بنظرةٍ عابرةٍ منه، حتى أنَّ جواريه تفاخرن على الحرائر، لأنهن ملك يمينه، غير أنَّ قلب شاه زادة كان فارغًا، لم تشغله فتاة قط، فكل النساء في حياته جوارٍ للخدمة والمتعة، لم يكن يشغل فكره سوى إرساء دعائم ملكه، وتوسيع إمبراطورتيه، حتى إذا أراد فتح إحدى مدن العراق الشمالية، أمر بإعداد جيشه ليزحف نحو حصونها ليدكها، تمهيدًا لدخوله مظفرًا فوق صهوة جواده الأشهب، اشتعل الحماس بقلب جنوده، وساروا يدكون الأرض بسنابك خيولهم يبغون فتحها قبل مغيب الشمس إن استطاعوا، ولكن أنَّى لهم وهي على مسيرة شهر، أثارت خيول جيش الشاه زادة الغبار حتى حجبت شمس الظهيرة، وملأت الجو بصخبهم حتى سمعهم أهل المدينة في قلب منازلهم.

ما إن اقترب الجيش العرمرم من أسوار المدينة حتى وجدوها محصنة بسورين، يعلو كل سور عدة أبراج، تمطر عليهم من السهام ما لا يخيب هدفه، اهتز جيش الشاه زادة مع ازدياد ثقة أهل المدينة بحصونهم، وصلت الأخبار إلى شاه زادة، فغضب من عجز جيشه، وكيف أهالوا على اسمه التراب بجُبْنِهم، فقطع رأس حامل أخبار جيشه لسوء ما جاء به، وأمر بإعداد فرسته المحبوبة، وتجهيز جيش يكون أوله أمام أسوار المدينة، وآخره عند حدود مملكته.

سافر شاه زادة، وهو نكد المزاج، لا يحادث أحدًا، فمن يقترب منه يُطَيِّر رأسه بسيفه دون أن يطرف له جفن، وصل الملك في مساء اليوم الثالث، فرتب جنده، وأعاد تنظيم جيشه، ليكن على أهبة الاستعداد للمعركة الفاصلة، غير أنَّ المدينة ظلت باسلة أمامه مستعصية، لا يكسر لها حجر، ولا يخطأ لها سهم، كان جمال المدينة وصمودها يسحران شاه زادة، ويجبرانه على الاستمرار في حصارها، ليستحوذ عليها، لم يمل شاه زادة من الانتظار حتى يمتلك المدينة، حتى لو انتظر أمام حصونها ألف عام، فهو لم يرغب في شيءٍ طوال حياته سوى امتلاك تلك المدينة.

مرَّ عامان والحصار على أشده، والمدينة تأبى أن يلمس حجرًا من أسوارها أحد، كاد شاه زادة أن يجن من صمودها، وصلابة أهلها، كان قادة جيشه يلحون عليه بالعودة، فلا أمل في تلك المعركة، آلمه كلامهم، فغضب، فاعتلى صهوة جواده، لينطلق في الحقول المجاورة لأسوار المدينة عسى أن يهدأ من شدة غضبه.

كان يطير بفرسه الذي شعر بما يعتري سيده من ضيق، وكأنما ركضه بسرعة عالية يخفف عنه ما ألم به، كان شاه زادة

شاردًا يفكر في كلام قاداته، ولم ينتبه لما حوله، حتى وجد جواده يقف فجأة، ثم يركع أمام فتاة تختلف عن كل بنات حواء، إنها حورية هبطت من السماء، أو ملاك يسير على الأرض، فتاة بعيون المها، بيضاء البشرة حتى أنَّ الحليب مقابلةً بها داكن، وشعرها أسود كالليل وطويل، حتى أنه يستقر على الأرض بين قدميها الصغيرتين، وجنتاها كالجمر، وشفتاها كريزية اللون، بهر بها شاه زادة، وسحرته ابتسامة ثغرها، وسكر من خمر عينيها المعتق، حتى أنه ترجل مترنحًا، وسار تجاهها ثملًا تحت وطأة سهامها، التي اخترقت قلبه.

ما إن وصل إليها حتى قبل يديها، وهتف بعاطفة مشوبة باللهفة: "أيتها الفاتنة التي سرقت قلبي، بعد أن أطفأ الشمسَ فرطُ جمالها، وأنارت الدنيا بضياء بسمتها، وعلَّمَت الأزهار كيف تتفتح، والطيور كيف تشدوا، يا مَن تسير على الأرض، فترقص الأرض فرحًا، أدميتِ قلبي! أنا "شاه زادة" الذي لم يطرف رمشه لفتاة! كيف بربك أوقعتني بحُبك؟".

ضحكت الفاتنة بخجلٍ أطار عقله، فقال لها: "كُفي بربك لقد قتلتِني، وها أنا ذا أركع بين يديكِ صريع هواكِ، يا فتاتي" وأتبع قوله بفعله، فتقدمت الفتاة نحوه بدلالٍ، ونظرت إلى عينيه بشغفٍ، ومررت أناملها على رأسه متخللة شعره الطويل، وقالت بصوتٍ ستهدجٍ: "أيها الملك الذي لا يستحق إلا أن يَركع له ملوك الأرض، ها أنا ذي أركع بين يديك"، ثم نزلت على ركبتيها.

لم يحتمل قلبه ركوعها له، فأمسك بيدها الرقيقة، ليرفعها معه، ثم قال لها ـ وهو الغارق في بحور عينيها ـ: "لا يا فاتنتي، قفي جواري، ليحتضن كفي كفك، ولتخبريني عن اسمك"

ردت بخفوتٍ: " اسمي "فاتنة" ابنة ملك المدينة التي تحاصرها منذ عامين".

صُدِمَ شاه زادة، تركها مسرعًا ليرحل بجواده، ما إن اعتلى صهوة جواده حتى سمع صوت بكاء، فالتفت إلى مصدره، فوجد فاتنة تفترش الأرض محل وقفته، تضم يديها إلى شفتيها تقبل مكان أنامله، وتهتف باسمه بين شهقاتها.

جنَّ جنون شاه زادة، وقفز من فوق جواده، وعاد إليها يأمرها بألَّا تبكي، نظرت إلى عينيه وقالت: "ابقَ جواري، ولا ترحل، فأنا أنتمي إليك فقط!".

قال لها بحزنٍ: "بيني وبين والدك حروب، وأخشى أن يرفض زواجي بك، فما العمل؟".

أطرقت مفكرة، ثم سألت: "وهل إذا انتصرت في المعركة يمكنك الزواج مني؟".

أجابها متحمسًا: "أجل يا فاتنة، ما إن أدخل المدينة حتى أعلن زواجي بك"، ثم عبس وأكمل "ولكنَّ مدينتكم محصنة، تمتنع عليَّ منذ عامين، ويبدو أنني سأنتظر قرنًا من الزمن حتى تفتح لي أبوابها!".

ردت عليه بحبٍ: "سأُطلعك على سر المدينة لتمتلكها، على أن نتزوج وقت دخولك المدينة منتصرًا".

سألها بفضولٍ: "ما سر المدينة؟".

بعد ساعة من لقائه بفاتنة، وقف شاه زادة بين قادة جيشه، ليُطلعهم على سر المدينة، وكيفية دخولها، نظر إليه القادة مبهورين، وهتفوا بحياته، بأن تطول إلى أبد الآبدين، أشار لهم أن يصمتوا، وليذهبوا لإعداد الجيش، فاليوم وقبل غروب الشمس يجب أن يجلس على عرش المدينة.

ارتفع الصراخ من طُرقات المدينة، الكل يجري من هول ما يحدث، فعلى حين غفلة انتقلت المعركة من خارج السور لداخله، الكل خائف إلا فاتنة التي جلست أمام مرآتها تتزين، فالليلة ستكون عروس شاه زادة الذي باعت لأجله أهلها ومُلك أبيها، كانت الدماء تسيل أنهارًا، حتى أنها عبرت باب غرفتها، ولامست قدميها، التفتت إليها للحظةٍ، ثم أخذت ترقص كالمحموم، والدماء تزداد من حولها، وهي تهتف: ''لأجلك يا شاه زادة أخضب قدمي بدم شعبي!''.

وقبل مغيب الشمس أقبل شاه زادة كالمارد العملاق، واعتلى عرش المدينة، وحوله القادة والجنود، أهالي المدينة يركعون تحت قدميه، هو لا يبالي حتى استوى على العرش، فأمر بأن ينادى في أهل المدينة، بأن شاه زادة ملك الفرس أصبح مَلِكَكُم أيها الأجلاف.

ما إن استمعت فاتنة إلى هذا النداء حتى أسرعت إلى قاعة العرش، لتلتقي حبيبها الذي استقبلها بسيفٍ بتّارٍ ليفصل رأسها الجميل عن جسدها الفاتن، ويقول لها بكل مرارةٍ: ''لقد خُنتي أباك وأهلك بسهولةٍ لأجلي، ولهذا ستخونني بسهولةٍ أكبر، فهذا جزاء الخيانة!''.

طارت رأسها لتسقط تحت قدميه، وفي عينيها رسمت الدهشة المزوجة بالحب، لم يحتمل شاه زادة نظرتها، فأمر جنوده بفقأ عينيها، وتعليق رأسها على سور المدينة، وصلب جسدها في الساحة الكبيرة، وليعلن للجميع أنَّ ذلك جزاء الخيانة، ثم أمر الجميع بإخلاء القاعة، وما إن رحل الجميع، وخلت القاعة عليه، أمسك بوشاحها الذي أسقطه الجنود، وأخذ يبكي عروسه التي قتلها بيديه!''.

تبرَّم شهريار، ونظر إلى شهرزاد بضيقٍ، ثم أمر مسرور بأن يفصل رأس شهرزاد التي صرخت قائلة: "مولاي أعطني فرصةً أخرى لحكايةٍ جديدة"
قال لها، وهو يداري سعادته لخوفها: "لك هذا، فلتبدأي، ولكن عساها تكون مفرحة هذه المرة"
وقبل أن تجيبه صاح الديك معلنًا تباشير الصباح، ليسكتها عن الكلام المباح.

# دقات وخطوات

دقات ساعة رتيبة تملأ السكون صخبًا، اثنتا عشرة دقة منتظمة تضيء سمع الصمت. توقفت دقات الساعة، ليخيم على القصر سكون الموتى، مرت خمس دقائق أبطأ من السلحفاة، ثم بدأت خطوات ثقيلة تنزل الدرج، كان الظلام دامسًا إلا من العينين الناريتين لنازل الدرج.

أضاءت عيناه المكان بضوء لهب مستعر متراقص، ارتفعت أنفاس المختبئ خلف الستائر، فشعر بها صاحب الخطوات الثقيلة، أخذت خطواته تقترب، وأنفاس المختبئ تتلاحق حتى أنَّ الستائر أخذت تهتز بشدةٍ، مد ذو الخطوات يديه فأمسك برقبة المرتجف، ثم بجذبة واحدة أخرجه من خلف الستائر، وهو يضرب بيديه طالبًا الهواء الذي تشتاق إليه رئتيه بقوةٍ، خفف ذو الخطوات ضغط يديه عن رقبة المذعور، ثم قربه منه حتى جعله يتنفس أنفاسه الكريهة الحارة، المذعور يضرب الهواء بيديه فأنفاس ذي الخطوات تحرقه، شعر ذو الخطوات بعذاب المذعور، فأخذت أنفاسه تزداد حرارة حتى أنها تكفي لشواء جرذ صغير، قاوم المذعور، وحاول أن يدفع يدي ذي الخطوات، ورائحة اللحم المشوي تفوح من وجهه المذعور، فغرز ذو الخطوات أظافره السوداء الطويلة المسننة في رقبة المذعور، فانتفض بقوة ثم تراخت مقاومته كأنما حقنه بسمٍ زعاف. كانت عينا ذو الخطوات يزداد لهيبها كلما خفت حركة المذعور حتى توقفت مقاومته، وانعدمت حركته، فانطلقت من حلق ذي الخطوات صرخة مروعة اهتزت لها جدران القصر المتهالك، ثم ترك الجسد من بين يديه ليسقط أرضًا ككيس

الدقيق لا روح له، ثمَّ ذهب بخطواته الثقيلة، وأنفاسه الهادرة إلى المطبخ ليشعل الموقد بنظرة من عينيه، ملأت المكان دفئًا كريهًا بعد أن كان مشبعًا ببرودة، ورطوبة القدم.
عاد أدراجه إلى حيث الجسد المسجى، وحمله فوق كتفيه بخفةٍ تتناقض مع ثقل خطواته. دخل ذو الخطوات الثقيلة بحمله إلى المطبخ، وأجلس الجسد على كرسي الطاولة، ثم أحضر سكينًا ومثقابًا وكأسًا ودلوًا، اقترب من الجالس في حذرٍ، ثم هجم على رقبته حيث الوريد العنقي، وثقبه بالمثقاب، ثم وضع الكأس تحت الجرح ليملأه، أغلق الجرح بإصبعه ذا الظفر الأسود الطويل القذر، فأمسك بالكأس، وتجرعه مرة واحدة، وأخذ يلعق شفتيه باستمتاع غريب، قرَّب شفتيه من الجرح، وأخذ يمتص بصوتٍ مقززٍ الدم حتى شعر بالارتواء، ثم علَّق الدلو في رقبة الجسد، وذبحه بالسكين فسالت الدماء رويدًا رويدًا.
غضب من نفسه لامتصاصه الكثير من الدماء هذه المرة، وما كان له أن يفعل ذلك، أنزل الدلو من الرقبة، ووضع يدي الضحية داخله بعد أن قطع أوردته بالسكين، فاندفع الدم ليملأ نصف الدلو، أخذ الدلو، وأفرغه في وعاء، ووضعه على النار، ثم جرح يده، وأنزل بعض قطرات دمه داخل الإناء، فاشتعل الدم، أخذ ينفخ بقوة ليطفئ الدم، وإن ظل بعض الشرر الأخضر يتطاير منه.
عاد إلى الجسد، وأجلسه في وقار، ثم أمسك بجرح يديه، وقضمه بقوة جعلت الجسد ينتفض، وصوت صرخة رهيبة مجوفة تنطلق من الجسد. واعتدل واقفًا مبرزًا أنيابًا عجيبة من فمه كإبر الحياكة، وإن كانت أكبر حجمًا، تقطر دمًا، يلتقطه بلسان أزرق داكن.

أمسك بالرقبة، ثم قطمها بقسوة عدة مرات، والجسد يرتجف كأنما تضربه العواصف، امتزجت صرخة الجسد المجوفة مع صرخة ذي الخطوات المتوحشة، وهزيم الرعد، وانطلق لسان البرق في كبد السماء لينير الغابة المحيطة بالقصر.

كان ضوء القمر ينعكس على عينيه الجمريتين مثيرًا الرعب في قلب أعتى الرجال، وقف معتدلًا، يتنفس بسرعةٍ، فقد بذل مجهودًا خارقًا، ثم أخذ يتأمل آثار أنيابه في ذلك الجسد، فوجدها كما السابق، قد أبلت بلاءً حسنًا، وعاد الجسد كما كان، صدر هسيس من إناء الدماء، أعقبه فحيح كفحيح ألف أفعى، ترك على إثره الجسد، وذهب إلى الوعاء، فوجده يغلي، وتحول لونه إلى الأزرق الداكن، وعلى سطحه أبخرة بنفسجية، وبرتقالية، ابتسم في توحشٍ، ثم أمسك بالإناء، وذهب به إلى الطاولة حيث الجسد، ففتح فمه، وأفرغ فيه محتويات الإناء بسرعة، والجسد يرتج بقوة كأنما يرفض ما يحدث له دون أدنى اهتمام من ذي الخطوات الثقيلة، الذي ينفخ هواءً كريهًا نحو وجه الجسد.

وعلى حين غرة تحركت يد الجسد، وأطاحت بالإناء، ثم أخذ الجسد ينتفض بقوة ضارية، ثم سكن لخمس دقائق كاملة، لم يقطع فيها السكوت سوى دقات ساعة الردهة، التي أخذت تدق بجنون، وخطوات عديد من الأشخاص تهبط الدرج متجهة إلى المطبخ.

وقف الجميع عند مدخل المطبخ يتطلعون لذي الخطوات الثقيلة الذي يتطلع إلى الجسد الجالس فوق الطاولة، بعينين يتحول لهيبها من الأحمر الناري إلى الأخضر، ثم أغمض عينيه المرهقتين، فإذا بالجسد يستفيق كأنما صاحبه كان غارقًا في غيبوبة عميقة، ثم فتح عينيه التي أضاءت المكان كألف شمعة.

انحنى الجميع لصاحب الجسد، الذي مد لهم يدًا معروقةً ذات أظافر قذرة طويلة صفراء، ليقف الجميع بعدها، ويتخذوا أماكنهم حول الطاولة.

وقف صاحب الجسد، وأمسك بكتفي ذي الخطوات الثقيلة، وهزه بقوة غارسًا أنيابه وأظافره في عنقه، وذو الخطوات مستسلمًا له، تركه صاحب الجسد، فسقط عند قدميه وقبلهما، فلمسه صاحب الجسد بطرف إصبعه القذرة، فقام وجلس على أخر مقعد شاغر على الطاولة.

تقدم صاحب الجسد حتى رأس الطاولة، وأطلق صرخةً مدويةً، اهتز لها الجلوس قبل القصر، وقال بصوت كريه خشن: "رفاقي التسعة عشر، أهلًا بكم في تجمع العشرين، ويعود الفضل لتجمعنا بهذا المكان لذي الخطوات الثقيلة" ونظر إليه، وأكمل: "جهد موفق، لقد اخترت أجسادًا مناسبةً لنا".

جلس على كرسيه، وأردف: "عند بزوغ الفجر سيختفي هذا القصر لينطلق كل منّا بالجسد الذي أحضره له ذو الخطوات الثقيلة إلى حيث عائلاتهم لنحيا بينهم، كأننا لم نغادرهم قط، وعلينا أن نتزوج من نسائهم منجبين أطفالًا مؤهلين لهذا العالم، لينفذوا مخطط سيد العشرين، فنحن لا نستطيع امتلاك تلك الأجساد إلا لأشهر معدودة تكفي لإنجاب الأطفال، وتلقينهم كيفية تنفيذ أوامر سيد العشرين، لنعود إلى حيث ننتمي في جانب النجوم. يجب أن ننجح في مهمتنا حتى يستطيع سيد العشرين التغلب على دكتور لوسفير، لينتزع منه الزعامة هذه المرة، ولذلك يجب أن يتم كل شيءٍ بلا أخطاء أو تهاون، وإلا تعرضنا جميعًا لغضب سيد العشرين، وأنتم الأعلم بغضبه".

ارتسم الرعب على وجوه الجميع بلا استثناء، حتى أنَّ صاحب الجسد حاول أن يتماسك ليكمل كلامه: "سيبزغ الفجر بعد

خمس دقائق عليكم الاستعداد للرحلة، هيا بنا إلى الغابة على أن يكون موعدنا القادم بين يدي سيد العشرين بعد انتهاء المهمة"

غادر الجميع المطبخ مسرعين، وما إن بزغ الفجر حتى اختفى القصر، وسقط العشرون أرضًا مغشيًا عليهم، ليعودوا إلى شكلهم البشري.

أقبل مايكل جير ينادي رفاقه الذين فقدهم البارحة في الغابة، ومعه عدد من أهل القرية الملاصقة للغابة، فوجد العشرين فاقدي الوعي فوق أرض الغابة، أخذ مايكل وأهل القرية يعملون على أنعاشهم، وحملهم إلى قريتهم ليقدموا لهم الرعاية الكافية قبل عودتهم لأهلهم، ولم يلحظ أحد ابتسامة السخرية، ولمعان النصر في عيني ذلك الفتى ذي الشعر الأصفر الذي يغطي وجهه النمش.

# الرسام

عند ناصية شارعنا يجلس السيد روبرت الرسام، يفرد حامل لوحاته، يمسك بفرشاته، يرسم من ذاكرته العديد من الشخصيات التاريخية والمشاهير على مر العصور، دائمًا ما تشعرك لوحاته بأنها حيَّة، وكأنك تجلس في حضرة صاحبها، كان العجب يتملكني من روعة أعماله، وكانت نفسي تهفو لمعرفة سر الحياة في أعماله.

في صباح يوم شتوي غائم، وأثناء ذهابي إلى المدرسة، لفت انتباهي لوحة للملكة إليزابيث وهي بعمر التاسعة، كانت نظرتها تجذبني بشدة؛ فوقفت أتطلع إليها مشدوهًا، وقف السيد روبرت خلفي، وأنا أطالع اللوحة بافتتنان، ارتسمت البسمة على وجهه، ثم سألني: "هل أعجبتك اللوحة يا سام؟"

نظرت إليه برهة، ثم أجبته: "أجل يا سيدي"، ثم أزدرت لعابي لأسأله: " أليست هذه الملكة إليزابيث وهي بيت بيزلي؟"

ضحك السيد روبرت، وأجاب: "أجل يا سام، لقد كانت بنفس عمرك يا عزيزي"، ثم مال نحوي، وسألني بنبرة خفيضة خطيرة: "هل تحب المغامرات يا سام؟"

أجبته بانفعال جارف: " أجل يا سيدي، أحبها كثيرًا"

سألني بجديةٍ: "وهل تحب أن تخوض مغامرة خاصة جدًا؟"

هززت له رأسي بقوةٍ، وأنا أقول: "أجل، أجل"، ضحك لي السيد روبرت، وأخذني داخل المرسم، ثم على حين غفوة هجم على رأسي، وانتزع بعض الشعيرات من رأسي، ثم وضعها داخل علبة الألوان الزيتية، وقلبها بشدة، ثم أخذ يرسم بسرعة

محمومة صبيًا صغيرًا جوار صورة الملكة إليزابيث التي أعجبت بها، وكلما ازدادت ملامحه وضوحًا ازدَدْتُ وهنًا، حتى انتهى من الرسم، فوجدتني أسقط أرضًا.

تقدم مني السيد روبرت، وقال لي من بين ضحكاته المتقطعة: "الآن أنت صبي بيزلي الذي سيحكم إنجلترا تحت اسم الملكة إليزابيث"، ثم نظر بقسوة، وقال لي في شماتة: "معذرة يا عزيزي، نسيت أن أخبرك أنها رحلة بلا عودة"، ثم ارتفعت ضحكاته الشريرة لتملأ أذني.

عادت لي تلك الذكرى، وأنا أمتطي جوادي لأقود جيوشي إلى حربٍ غير متكافئة، فجيشي أقل عددًا من أعدائي، عرفت بحملة الأرمادا الإسبانية، التفت إلى جنودي لأخطب فيهم، وأنا على يقين من انتصاري في تلك المعركة، كما ذكرت كتب التاريخ، كم أنا سعيد أنني أحفظ تاريخ العصر الإليزابيثي عن ظهر قلب.

# رعب ليلة صيف

أنا رنا شابة فى أواخر العشرينات، أنا لا أجيد فن الكتابة وقص القصص، ولكن كما يسميني أصدقائي عثة كتب، فأنا قارئة نهمة لكتب وقصص الرعب، وعلى الرغم من عشقي لعوالم الرعب إلا أنني لا أؤمن بها، وكنت أقول دائمًا: "ربما كان كاتب الرعب هو أكثر الناس خوفًا ورعبًا مما يكتبه، وربما أملك من الشجاعة ما يسمح لي بقرآءتها باستمتاع". وهذه أول مرة أمسك بها قلم، لا أدري لماذا أمسك بالقلم لأكتب! ولكنني أريد أن أخط على الورق سرى الدفين الذي أحيا به وفيه، فقد صرت سجينته، تبدأ قصتي مع عالم رعب غريب لم أعهده من قبل، إنه عالم رعب الرخويات الميكروبية، فلنترك تلك المهاترات والمقدمات الكلامية، ولنبدأ قصتي العجيبة!

ذات ليلةٍ صيفيةٍ حارةٍ كنت أجلس بمفردي في منزلنا، أقرأ بعضًا من مغامرات رفعت إسماعيل بطلي المفضل، رفيق الصبى والشباب الذي جعلني أدمن عوالم الرعب، وقد كانت لي تقوسي الخاصة لقرآءته، فقد كنت أقرأها ليلًا فقط، وبمفردي بعد أن أغلق جميع الأضواء إلا بصيص ضوء يتيح لي الاستمتاع بالقرآءة، وعلى الطاولة المجاورة لي كوب من العصير وبعض الفاكهة المقطعة قطع صغيرة وكشاف، وكالعادة استغرقت في القرآءة، وكأنني أرافق رفعت في مغامراته، فإذ بالكهرباء تنقطع؛ فأبحث عن الكشاف بسرعة، وأنا أتأفف من انقطاعي عن القراءة، فقد وصلت إلى ذروة

الأحداث. تصطدم يدي بالكشاف الذي سقط أرضًا محدثًا صوتًا مزعجًا، أجثو على ركبتي، وأبحث بسرعة عنه لأكمل قراءتى، فإذا بيدي ترتطم بجسدٍ رخو ذي شعيرات وأهداب تتراقص بشكلٍ محموم، ملتفة حول يدي بقوة، فأفزع وأصرخ بقوةٍ، وهذا الشيء يسحبني إلى داخله، وأنا أقاومه دون جدوى، وعقلي المشلول فزعًا يتصبب رعبًا لأول مرة في حياتي، ابتلعني هذا الشيء بسرعة جعلت مني ادرنالين مغطى بطبقة رقيقة من الجلد، تبصر عيناي لأول مرة منذ انقطاع التيار، أين أنا؟ كانت الإضاءة الفسفورية تنير كل شيء، ورأيتني أسبح في سائل غريب وردي اللون، وتسبح معي قطارات متعددة الأطوال ـ وكانت هذه أول مرة أرى قطارًا يسبح في سائل ـ كل عربة من عرباته تحمل ثلاث عجلات فقط، وكل عربة لها شكل مختلف، ولكن كانت بعض العربات تتكرر في نفس القطار أو في القطار المجاور، أبصر على يميني جزيرة كبيرة ذات ساحل رملي تنطلق منها وإليها المراكب التي تسبح في هذا السائل، أخذت أسبح لأصل إلى تلك الجزيرة لالتقاط أنفاسي لأجدها تبتعد ويتملكني الفزع، أريد أن أستريح وأرتب أفكاري لكن هذا السائل العجيب يحرمني من ذلك، أدير رأسي يمين ويسار، لأجد العديد من محطات الوقود الصغيرة المتناثرة التي تدخلها الشاحنات الفارغة وتخرج محملة بالوقود، أخذ العجب يحل محل الرعب تدريجيًا حتى توارى، وحل محله سؤال ليس له إجابة: أين أنا؟


تركت جسدي يسترخي وليحملني السائل إلى حيث يشاء، وتركت نفسي أشاهد هذا العالم الغريب وعجائبه، وجدت على قيد أمتار قليلة منطقة إعادة التدوير تدخلها القطارات

المكسورة والأشياء المعطوبة في هذا العالم ليتم إعادة تدويرها، ليتحولوا إلى مواد أولية ترسل إلى المصانع. كان السائل يدفعني دفعًا إليها حتى ملأ أذني صوت الطحن والتفتيت مثيرًا رعبي، وأخذت أقاومه باستماتة، وأنا أتراجع دون أن أرى ما يحدث خلفي، فإذ ببعض الحراس الذين قدموا ليحملوني قصرًا إلى مناطق إعادة التدوير، وأنا أحاربهم بيدي وقدمي، وقد كدت أفقد الأمل حتى وجدت ثغرة في تشكيلهم فاخترقتها، وسبحت بقوة إلى حيث لا أدري، فإذا بحراسٍ آخرين يلقون القبض عليَّ ويقودونني لأكبر جزر السائل، بل يمكن وصفها بأنها القارة الوحيدة هنا حيث يقبع قصر الحاكم، قصر بدائي التكوين، ولكن تخرج منه الأوامر وتدخل إليه المكاتبات، أدخلوني على الحاكم ذي الضفائر السلمية الذي نظر إليَّ بترفع وسألني "مَن أنت؟".

رفعت رأسي بكرامةٍ وتحدٍ، وقلبي يدق برعبٍ أتمنى ألا يراه في عيناي، وسألته "بل من أنت؟ وكيف اختطفتني من عالمي لتأت بي إلى هنا؟ أيها الشريط الملتوي السلمي المتراقص!".

انتفضت درجاته مع حركته المباغتة، وقال: "أي وقاحة تلك التي تحدثيني بها هنا في مملكتي، أتريدينني أن أزج بك إلى منطقة إعادة التدوير؟"

طاف بعقلي هذا المنظر البشع، وصوت التحطيم الذي دمر أعصابي، فلم أدرِ بنفسي إلا وأنا أهجم عليه، وأمزقه بأسناني، ما إن مزقته بأسناني حتى أطلق صراخًا يهز قلب أشجع الرجال، ثم وجدت الأرض التي نقف عليها تذوب وإذ بي أجد نفسي في السائل الذي أخذ يثور كتسونامي حيث أصبح الكل

يصطدم بالكل ويعطب، وهذا العالم يدمر، والسائل يغرقني بأمواجه، فأغلقت فمي وعيني بقوة لأفتحهما لأجد نفسي على سيراميك حجرتي، وأشعة الشمس تغمرني، والكتاب ملقًى على صدري، وبجانب يدي الكشاف، وقد انكسر، جمعت شتات نفسي، ونهضت واقفة قبل أن يعود أحد ويجدني في هذا الوضع السخيف، وكان ما قد مر بي يدور في عقلي، وأتساءل هل هو كابوس؟ فقد سقطت نائمة هذا ما حدث بالتأكيد؛ فملابسي جافة، وبشرتي أيضًا، إلا أنَّ بصري وقع على يدي اليمنى، فوجدت آثارًا عميقةً لأهدابٍ زرقاء قصيرة بعضها ملتصق بيدي، وتحت الطاولة سائل عجيب لونه وردي يتلألأ تحت أشعة الشمس مطلقًا بخارًا شاحبًا إثر ملامسة أشعة الشمس له.

تملكني الرعب والفزع، وركضت إلى الحمام لأغسل يدي ووجهي عسى يكون ما رأيته هو بقايا كابوس بشع مررت به، إلا أن هذا لم يحدث فقد سقطت الأهداب في حوض الاغتسال وتركت آثارها على يدي؛ فررت من الحمام فزعة وذهبت لأرى السائل، فوجدته اختفى فعدت ركضًا للحمام لأجد أن الأهداب قد اختفت، فنظرت إلى يدي والتي لم أنتبه إلى أنها تؤلمني إلى الآن، فأجد العلامات كما هي، رفعت رأسي لأصطدم بصورتي الشاحبة في المرآة، والتي حفر الرعب علاماته على وجهي، وقبل أن يتملكني الذعر نهائيًا، سمعت أمي تناديني إثر عودتها مع أبي وأخوتي، فخرجت إليهم مرحبة، وقد قررت عدم إخبارهم بما حدث، فلم يلحظ أحد شيئًا، ومر الأمر على خير.

كانت هذه الحادثة من شهرين، وما زال الأثر في يدي كما هو، وعندما سألتني أمي عنه أخبرتها أنَّ ثعبانًا التف على يدي قبل أن أقتله، وقد غيرت هذه الحادثة حياتي كلها فلم أعد أجرؤ على الجلوس بمفردي، وتخلصت من قصص وكتب الرعب، وأصبحت أنام في الضوء، فليس سهلًا عليَّ أن أقضي ليلتي داخل خلية بكتريا، وأقضي عليها بتدمير حمضها النووي، تُرى هل يوجد كثير منها؟ تُرى هناك مَن خضع لتلك التجربة غيري؟ تُرى ماذا كنتم ستفعلون لو كنتم مكاني؟

# أنا والجاثوم

لا أتذكر، هل زارني الجاثوم قبل هذه المرة؟ لا يمكنني أن أتأكد، ولكني على يقين أنه لو حدث فقد كان منذ سنوات طويلة لا أستطيع عدها، لنترك إن كانت هذه أول زيارة أم لا، ولنركز في تلك الزيارة البغيضة، والتي انتهت من بضع ساعات قلائل، زيارة أبغي نسيانها ولكن آثارها لا زالت باقية كأنها انتهت منذ دقائق، ولذلك قررتُ كتابتها، ولكن لا أدري لِمَ، ولكني سأكتب كل شيء بمنتهى الأمانة.

كان ظني أنَّ هذا الكائن الكابوسي هو كائن ليلي، أي يأتي للنائمين ليلًا فقط، ولكني فوجئت أنه يأتي لكل نائم مهما كان موعد نومه، كنت ولأول مرة قد انتهيت من صلاة الفجر وختم الصلاة وبعض من أذكار الصباح، ولم أذهب لقراءة القرآن أو النوم فورًا وأنا أحصن وأستغفر، ولكن أذهب لتصفح موقع التواصل الاجتماعي (فيسبوك) لرؤية الرسائل الواردة ـوذلك لأني صاحبة فكرة سلسلة كتب إلكترونية بعنوان (هنا)، وأول إصداراتها (هنا الجزائر). ولأن بعضهم عندما أتأخر في الرد عليه يقيم الدنيا ولا يقعدها شكاية ـ فلم أجد جديد، فأغلقته وذهبت للنوم، وهنا حدث شيء غريب جدًا؛ فقد داهمني نوم ثقيل جعلني لا أستطيع إتمام التحصين، فأنا أخطئ في كل جملة ولا أعيها، ونسيت قراءة آية الكرسي، ولا أدري ما حدث سوى أنني نمت بعمق دون أي إنذار، يمر بعض الوقت لا أدريه كثيرًا أم قليلًا، لأستيقظ فزعة ويتملكني الرعب، لأجدني

مستلقية على ظهري، وأنا التي كنت نائمة على جانبي الأيمن، ومُكبَّلة بشكل عجيب؛ فهناك أثقال على كتفي تكاد تكسر عظامي وهي تخسف بي الأرض، ويجثم على صدري ثقل يفوق تيراصور ركس بالغ، وآلام تمزق حويصلاتي الهوائية، وقلبي يركض أسرع من عداء حطَّم الرقم القياسي، لقد كان قلبي سببًا في إيقاظي؛ حيث شعرت أنه في آخر لحظاته يفعل المستحيل ليوصل تلك الذرات من الأكسجين الهاربة إلى رئتي الممزعة، كان الفزع قد تمكن مني، وألجمني الرعب، وكنتُ أحاول استكشاف ما أنا فيه، فوجدتني مقيدة بشدة لا أستطيع منه فكاكًا، أتمتم بما لا أعيه، تملكتني فكرة أنني أموت، أو على أقل تقدير مصابة بجلطة وأحتاج للمساعدة، لأصرخ ربما لأجد من يقلني إلى المشفى، حاولتُ أن أصرخ، فوجدت صوتي محتبسًا داخل حنجرتي ولا يصل إلى فمي، انتبهت لما أتمتم به، إنني أحوقل، والضغط يخفف ولكن ببطء، لأعي الحقيقة المجردة أنني في ضيافة الجاثوم، والذي يتسلى برعبي وفزعي وألمي، فما كان مني إلا أن تمتمت بالحوقلة بقوة، بل بالأحرى كانت تجري على لساني بقوة من الله، وبعد أن رددتها مرتين فك جسدي، ورحل الجاثوم، فما كان مني إلا أن عدلت وضعي لأصير على جانبي الأيمن، وقلبي يرتجف بشدة بدون انتظام تكاد تخرجه من ظهري، وآلام صدري كأن مخبولًا أمسك بسكينٍ حاد وأخذ يرسم لوحة سريالية بصدري، ولا يجري على لساني سوى الحوقلة والاستغفار، ليتسلل الهدوء إلى نفسي، وأعي أن رب العالمين أنقذني بإنطاقه لساني بالحوقلة، وقذف اليقين بداخلي لأعلم أنه سينجيني -سبحانك ربي- ما أرحمك!

أخذ الوعي يتسرب مني ثانية وأنا على ذكر، لأستيقظ في العاشرة على صوت أمي، فأجدني أحوقل وأستغفر كما نمت، ويملئني اليقين بأني أستحق تلك الزيارة لأني فضَّلت تصفح الرسائل عن قراءة القرآن، فلتغفر لي يا ربي.

إنها أسوأ تجارب حياتي، وإن كنت أتمنى أن تكون كابوسًا مزعجًا انتهى ليطويه عالم النسيان إلى الأبد، إلا أن الألم لازال وحتى كتابة هذه السطور يغمرني، حتى أني لأظن أن قلبي لن يعود كما كان بسهولة، وعلى الرغم من رغبتي المحمومة في نسيان تلك الزيارة الرهيبة، إلا أنني أسجلها ولا أدري لِمَ، ولكن عساها تكون الأخيرة.

# قصة لم تكتمل

نعيق البوم يتردد صداه في سماء تلك الليلة شاحبة الأنوار، المدينة يغلفها السكون حتى الهواء آثر التوقف على الرغم من المساحات الشاسعة التي تفصل المباني الحكومية عن بعضها البعض وعن المساكن القريبة منها، يتوسط المشهد مشفى حكومي عتيق الطراز، بنِيَ أواخر عهد الأسرة العلوية، يلقي بظلاله المهيبة على الحديقة الملحقة به، والتي عبثت بها يد الإهمال لتكمل المشهد المفزع، ولكنها أبت ألا تلقي بأيقونة الرعب الأساسية، فلقد توسطها مبنى منخفض مغطى الجدران بالنباتات المتسلقة والطحالب ذات الألوان المتدرجة من الأزرق إلى الأخضر، حتى كادت تمحي كلمة المشرحة المصنوعة من الجص فوق المدخل المنزوع الباب، استوطن البوم والغربان أشجار الحديقة المتشابكة، واستوطن أرضها القوارض والثعابين والكثير من الزواحف الصغيرة، اتفق كل سكانها على الخروج ليلًا ليمرح الجميع كما يحلو له بعيدًا عن عيون البشر، غير أنَّ الغربان ارتضت لنفسها الخلاف فبقيت في أعشاشها ليلًا لتنام، وتتخطف رزقها صباحًا دون خجلٍ.

في إحدى البنايات السكنية المطلة على حديقة المشفى تقيم أسرة صغيرة، أصغر أفرادها ولد أتم ربيعه السادس منذ بضعة أيام، يرتدي منامة من الكستور المقلم كأخيه الذي يكبره بأربعة أعوام، ووالده يتقوقع على نفسه خوفًا تحت غطاءه فوق فراشه الصغير في غرفته المقابلة للحديقة، وكأن البوم شعر بخوف الصبي، فأقبلت اثنتان لتقفا خلف نافذته بينما حامت

الأخريات في السماء، وجميعهم ينعقوا بصوت مرتفع، كانت صرخاتهم تتردد في أذنيه بصوت النساء اللائي يندبن ويصرخن ذويهن الملقاة أجسادهم في المشرحة تنتظر دورها قبل استخراج تصريح تكريمها بالدفن. انتفضت روحه قبل جسده، وهو يتذكر نحيب الثكلى صباحًا عند مروره أمامهن عند ذهابه إلى المدرسة، تمر أمام عينيه التي يغلقها بأحكام وقد غطى رأسه، وسد أذنيه صور المحفات المغطاة بالملاءات البيضاء المبقعة بالدم بعضه تجلط، والآخر طازج يتوسع ليزاحم البياض، يشيعهم الكثير من الرجال والشيوخ يبكون ذاكرين الله، أمَّا النساء والعجائز، فمتشحين بالسواد صارخين ملتاعين وهن يلطمن الخدود ويشققن الثياب، ليركب الجميع سيارات سوداء كتب عليها عربة تكريم الموتى، حفزت تلك المشاهد مخيلته ليتجسد خوفه في مشاهد متطرفة الرعب، فها هو ذا يرى إحدى الملاءات ينزعها الجسد المسجى تحتها الذي وقف عاري الجزع مشقوق الصدر بعد أن تمزقت الغرز التي جمعت حافتي الشق، والدماء الداكنة تدفق بقوة لتغرق القماش الذي يغطي نصفه السفلي، كاميرا عقله تنقله إلى الرأس المجوف العينين، مقطوع الأنف والشفتين، المنزوع الرأس، دوت صرخته داخل صدره الصغير، وهو يرى الجثث المشوهة والممزقة تترك المحافات المحمولة عليها متجهة نحوه، بينما تحول المشيعون إلى تماثيل مصمتة، نعقت البومتين فجأة؛ فانتفض وصرخ، وانسل هاربًا نحو غرفة أخيه، فتح الباب بسرعة، وأغلقه بسرعة أكبر، ثم انطلق صوب فراش أخيه، وكعادته أفسح له شقيقه مكانًا بجواره متصنعًا النوم، ليترك لشقيقه الأصغر الفرصة ليعبر عن خوفه دون أن يجرح

كبرياءه، التصق الصغير بأخيه محتميًا من مخاوفه التي لا يراها غيره.
- "ماذا بعد؟"
هتف وائل ذو الخمسة عشر عامًا بحماسٍ سائلًا صديقه حازم أن يكمل
ضحك رفيقه، ثم أجابه بحيرة وهو يحك رأسه:" لا أدري يا وائل، لقد توقفت هنا، لم أكمل القصة؛ ظننتها انتهت"
ضحك وائل من قلبه، ثم قال وهو يحمل حقيبته على كتفه الأيسر:" يبدو أنك تمزح، لا يمكن أن تنهي القصة هكذا، يجب أن تكملها"
سأله حازم بلهفة:" إلى أين أنت ذاهب؟"
أجابه وائل، وهو يغلق الباب خلفه:" إلى السينما بالطبع لأشاهد فيلم الليلة، أما أنت فستظل هنا حتى تكمل القصة".
هز حازم كتفيه بلا حيلة، ثم أغلق مصباح الغرفة، وغاص في ذكريات طفولته ليكمل ما لم يكتبه.

# قصص قصيرة جدًّا

## ميكرو فيكشن

# فصيلة نادرة

برز ناباه بلهفة متسرعة، وهو يطالع الفحوصات بين يديه. ونظر إليها، وهي ترتجف أمامه بقوةٍ، أخذ يقترب منها بثيابه البيضاء المميزة للأطباء مخاطبًا نفسه: "يا له من حظ سعيد! فصيلة نادرة"

كان يمني نفسه بوجبة طيبة، وما إن اقترب منها حتى تبدلت الأدوار، وأصبح المفترس فريسة والعكس، وقضمت حنجرته بتلذذٍ مقيت، وتمتعت عيناها بنظرة الرعب التي تشع من عينيه.

# صنعت مفترسها

أخذ قضمة بملء فاه يلوكها بسعادة، وذلك السائل اللزج يتساقط من فمه بسماجة، كان يدير رأسه، ويحركها مهددًا متوعدًا لتلك الكائنات الغبية التي تنتظر فراغه من غذائه لتنال نصيبها، كانت تلك الوجبة لا تزال حية، ولكنها من رعبها لا تستطيع الصراخ؛ فبيديها أعادت صنعه لتتحول من سيدته إلى فريسته، أخذ قطعة أخرى من كبدها، ولم تستطع الصراخ؛ فهو يثيره ليفتك بها أسرع، كانت تأمل في نجدة قادمة، ولكن مَن له بمقابلة فليسبارتور قادم من العصر السحيق، يحسبه الرائي أحد حيوانات الحديقة الجوراسية.

## لا زالت معي

كان يتأبط ذراعها برقة، ويسير جنبها متمهلًا، يداعب شعرها الفاحم، ويناجيها بقصائد الغزل التي كانت تطربها، فتتمايل منتشية، فيضحك ملء فاه، ويتمصص الرائي له شفقة؛ فمنذ وفاة زوجته لا يزال يخرج كل ليلة برفقة شبحها الذي لا يراه غيره.

## احتفالية

‏«في صحتك أيها القادم من بعيد!»
ثم تُقرع الكؤوس، ليشرب الجميع ذلك السائل الأحمر ذا الرائحة الصدئة، منتشين بها كأحد الطقوس الاحتفالية بقدوم ذلك القادم من خلف النجوم.

## سيد الليل

كان يضع يديه على أذنيه خائفًا مرتجفًا، وهو يضم ركبتيه إلى صدره تحت غطاء سريره، كان يحاول أن يوقف الاهتزاز حتى لا يلفت انتباه صاحب الصوت الشاحب، سيد الليل الدامس.

# الباب الأسود

إنه ذلك الباب اللعين ذو اللون الأسود القاتم، الذي يثير مخاوفه القديمة دائمًا عندما يستعد ليلة من النوم الهائي؛ فما إن يستلقي في سريره حتى يبدأ في تلك السيمفونية، من أصوات المفصلات الصدئة، والهواء المنادي لاسمه بهمس بارد. الأريكة

"احذر! لا يمكنك النوم هنا إلا لو كنتَ لا تخشى الكوابيس". أخذ يقرأ تلك العبارة المعلقة على ظهر الأريكة وهو يضحك، ثم قرر الاستلقاء عليها محدثًا رفاقه قائلًا: "أنا لا أخشى الكوابيس؛ فأنا لا أريد النوم، حتى أنني لا أشعر بالنعاس". كانوا يضحكون مستهزئين بذلك التحذير الغبي، ما إن استلقى عليها حتى غلبه النوم في لحظة، لتبدأ مغامراته في العوالم الكابوسية.

# رفقاء

قطرات، ودقات، وخطوات، هم رفقاء ليلة في ذلك القصر المتهدم.

## إرادة ذاتية

كان يسيل لعابها من بين شدقيها، وعيناها تخرجان من محجريهما فزعة غير مصدقة، وجسدها يهتز بعنف، والدموع تجري أنهارًا من عينيها، والضغط يزيد على عنقها ليقضي على ذرات الهواء التي تتسلل هاربة من تلك اليد إلى صدرها، وصاحب اليد ينظر إليها باكيًا، وقلبه ينزف دمًا على ما تفعله يداه ذاتية الإرادة التي تسلبه حب عمره، ولا تستجيب لنداءاته.

## عمامة الشرقية

كان زملاؤه بالمدرسة يعايرونه لارتدائه تلك العمامة الشرقية في ذاك المجتمع الأوروبي، فانتابته لحظة ملل منهم، وقام بخلعها، ليهرب الجميع من هول ما رأوه؛ فقد كان وجه ذلك المسخ الملتصق برأسه من الخلف يسبهم بقذارة.

# أشهر سفاحات العالم

كانت تداعب حبات عقدها، وهي تملي عينيها من انتفاضات الموت التي تعبث بالجسد المسجى تحت قدميها، الذي كان يستجديها لتترفق به، ولكن كيف يترجى أشهر سفاحات العالم؟

## الكهف

دخل متحسسًا طريقه في ذلك الظلام، وأصوات الخفافيش الفزعة من مروره بجانبهم في ذلك الكهف تعزف ألحان الرعب على أوتار قلبه. لا يدري لِمَ هو هنا؟ وإلى أين يعود؟ ولكنه يسير كالمسحور ملبيا ذلك النداء الساحر.

## ذلك الرقم

إنه دائمًا ذلك الرقم وعجائبه. دائما نفس الخوف، ونفس الرهبة، ونفس السيناريو؛ ما إن ينطق به، فذلك يعني حضور ثلاثة عشر شيطانًا على عدده ليمرحوا به حتى الفجر.

# عنكبوت

رعب مرسوم على محيا تلك الجثة تحت النافذة، والتي يجلس على رأسها ذلك العنكبوت الأسود الضخم ذو الخط الذهبي، وصوت امتصاصه للمخ يملأ الغرفة.

# امتصاص الروح

إنه ذلك الصوت المثير للاشمئزاز؛ صوت امتصاص الروح من تلك الفرائس التي لا نرى مفترسيها، والتي ما إن ينتهوا منها تصبح مطيعة للسادة القادمين من جانب النجوم.

# الشجرة الملعونة

إنها دائمًا تلك الشجرة الملعونة ملكة الصحراء، التي تستمد قوتها من قلبها النابض المكوَّن من قلوب المسافرين الضائعين، الذين يحاولون الاحتماء بها من قيظ الشمس.

## كتيبة الأشباح

يجري الجمع إلى دُورهم بعد المغرب، يغلقون أبواب منازلهم، ويُنزلون الستائر على النوافذ المطلية بالسواد، ويجتمع سكان كل بيت في أقصى غرف المنزل، حتى تمر كتيبة الأشباح في كافة أنحاء المدينة، كما كانوا منذ خمسين عامًا إبان الحرب العالمية

## استيقاظ

تتخلل الرائحة خلاياه موقظة إياها من سباتها العميق، لتستيقظ متلهفة لذلك السائل بشراهة الإسفنج، ليستيقظ ذلك الرعب من قلب المقبرة؛ ليحيل حياة أهل القرية إلى جحيم يستوطن أجساد الجميع

## الجاثوم

إنها بطلة هذه الحفلة الليلة التي يتسلى بها حتى الصباح، يطرب لزرقة وجهها من الاختناق، وعذابات ما يبثه لها داخل رأسها. إنه ذلك الجاثوم الذي يرهقها بألعابه كل ليلة

## حديقته

إنها حديقته الخاصة البديعة، مصدر فخره واعتزازه، إنها إبداعاته من مسوخ، ورعب، وعوالم كابوسية متبدلة متغيرة، والتي شيدها على مدى قرون عمره، ليستحق ذلك اللقب الذي يشيع الرعب في نفوس سادة الرعب في الكون، إنه لوسيفير..
دكتور لوسي

## المرتجف

ألقت برأسها إلى الخلف بدلالٍ، مغلقة عيناها، كان سحرها يلف المكان، إلا أن هذا كله لم يؤثر في ذلك المرتجف أمامها، والذي امتلأت عيناه رعبًا، وهو لا ينظر إلا إلى تلك الأجساد المتفسخة تحت قدمي ذات الدلال، والتي ملَّت من ارتجافه، فأشارت له بيدها ليستقر، فلم يستطع من هول الرعب الذي تملكه، ففتحت عيناها المتقدتين كالجمر، ليسقط صريعًا من قسوة ما يعتريه من عذاب، قبل أن ينضم إلى تلك الأجساد الملقاة تحت قدميها العاريتين

## عوالم كابوسية

كان يخشى ما يخطه قلمه؛ فقد كان يضعه في مواجهة مخاوفه القديمة، ويجعله يعيش عوالم نفسه المظلمة الكابوسية، فينتفض ذعرًا.

## بنعومة

تسحَّب بنعومة، فلم يشعر به أحد من الجالسين، على الرغم من طوله الفارع وضخامته، ثم توقف متأهبًا لأقرب الجالسين إليه، ليهجم عليه، ويلف عليه جسده الطويل معتصرًا، ويزهق روحه مُصدرًا فحيحًا، والذي قتل الجالسين رعبًا.

## المشنقة

كانت تناجي رقبته، وتنشد أهازيج الرعب القاتل؛ فهي تريد العزف على أوردة عنقه، وأن تداعب شرايينه، يتملكه الارتعاش، ويتراجع، ولكن تلك الكلبات التي تمسك به تقوده إليها، لينتهي به الحال مشنوقًا.

## مملكة الرعب الكبرى

كانت أول زياراته لمملكة الرعب الكبرى، تقدَّم إلى حديقتها لترحب به ميدوسا وهيدرا متنافستين عليه، كان صراعًا وحشيًا بين مسخين جعل الدماء ترتعش في أوصاله قبل أن نتركه، وتهرب عند سماعها لصرخات الوحوش القادمة لتتصارع عليه، تاركة إياه في ذاك العالم يواجه مصيره؛ فقد كانت زيارته الأولى والأخيرة.

# مملكة الكوابيس

لا أدري لماذا أشعر برغبة عارمة في الاقتراب من تلك الأريكة! على الرغم من التحذير المكتوب عليها بعدم الاقتراب، لطالما سخرتُ من تلك التحذيرات الغبية، سأقترب وليكن ما يكون! يا إلهي! لماذا أشعر بهذا الدوار؟ أشعر بتلك الأيادي تكبلني، وذلك المسخ يجثم على أنفاسي! أنازع لالتقاط أنفاسي، ولكني أرى تلك البوابة النارية تُفتح، ويستقبلني ذلك العفريت قائلًا: "مرحبًا بك في مملكة الكوابيس".

**اذكر اسم أكثر قصة أعجبتك في هذه المجموعة ولماذا؟**

اقترح موضوعات أخرى في سلسلة مرصود للرعب ترغب في قراءتها في الأعداد القادمة

قم بمسح هذا الكود لتراسلنا بهذه الصفحة بعد تصويرها من خلال واتس آب الدار